LES
POINCTS
PRINCIPAVX,

Remarquez en la Predication
Italienne.

faite par le Venerable & R.P. en Dieu,

F. DOMINIQVE DE IESVS MARIA,

de l'Ordre des Carmes dechauffez,
nouuellement arriué en France, en l'E-
glife dudit Ordre lés Paris, le iour de
la fefte de S. LOVIS, le 25. Aouft 1621.

Enfemble vn bref recueil des particularitez de
fa vie, & des effects admirables qui font
arriuez par l'interceffion de ces
deuotes Prieres.

Par R. D. M.

A PARIS,

Chez IEAN DE BORDEAVX, ruë de la Harpe.

M. DC. XXI.

The Right Hon.ble Charles Viscount Bruce of
Amphill (Son & Heir Apparent of Thomas Earl
of Ailesbury) & Baron Bruce of Whorleton

Les principaux poincts remarquez en la Predication du R. P. en Dieu F. Dominique de Iesus, de l'Ordre des Carmes deschaussez.

IE croirois faire tort à la Vertu, & penserois des-obliger la France, à qui ie dois ce que ie suis, & que ie puis, si ie ne luy faisois part de la recolte spirituelle, cueillie en ce temps de moisson : à l'arriuée heureuse d'vn des plus deuots & Religieux personnage de noftre siecle, le venerable Pere *Dominique de Iesus Maria*, de l'ordre des Carmes des-chauffez.

Nom qui contient plus de my-
stere que de lettre : Car ny plus
ny moins que du temps & soubs
les fortunés auspices de Sainct
Dominique, l'heresie des Albi-
geois, fut sappée & boulleuer-
sée de fond en comble, auec les
armes du Comte de Montfort:
Ainsi nous esperons, auec le
concours de celuy qui s'appelle
le grand Dieu des Armées, & les
Armes victorieuses du plus Au-
guste Roy de la Chrestienté, &
par les instantes prieres de no-
stre *Dominique*, la totalle ruyne
de l'heresie.

L'Espagne, nourrice de la Ca-
tholique pieté, est la mere cómu-
ne de tous les deux, tous deux
pour mesme but viennent en
France, tous deux grands Predi-
cateurs, tous deux eminents en

ainĉteté , & tous deux font
uscitez d'entre les rochers des
cœurs oppiniaſtres, pour con-
uire & regir au milieu des bou-
aſques , la Nauire agitée de S.
Pierre.

A prendre *Dominique* en la pro-
bre ſignification Françoiſe, il ſignifie Dimâche, & que veut dire
Dimanche, ſinon le iour du re-
pos, il a ſuccedé au ſabbat des
uifs, de tout cela (ie vous prie)
que peut-il reſulter, qu'apres les
rauaux de l'Hercule Gaulois,
ſinon vne paix generalle à noſtre Egliſe Gallicane, & vne pro-
fonde tranquillité à ſon prote-
cteur, qui n'entreprend la guer-
re que pour auoir la paix. Quant
au ſurnom *Ieſus*, il ſignifie Sau-
ueur, Nom qui ayant apporté le
ſalut au genre humain, le pro-

met nouuellement à cet Eſtat
auec ceſte difference, pourtant
que le nom de *Ieſus*, opere par luy
meſme, & que noſtre *Dominique
de Ieſus*, n'opere que par celuy
dont il emprunte ſa diſtinction
annonce l'Euangile, & imite la
vie deuote.

Bon Dieu, auec quelle fer-
ueur le preſchoit-il en la ſo-
lemnité de Sainct Louis, vn des
Patrons de ſon ordre, (ce fut
en ceſte admirable Predication
faicte en la preſence dequelques
Princes & Princeſſes, Seigneurs
notables, & plus de vingt mille
perſonnes,) *Omnia poſſum*, diſoit
il auec l'Apoſtre de la Gentilité,
in eo qui me confortat, c'eſt à dire, ie
puis toutes choſes en la vertu de
l'eſprit, qui fait mouuoir mes
nerfs & mes arteres.

Ce qui signalla ceste action publicque, sont les circonstances qui s'y rencontrerent, est-ce pas vne merueille qu'au iour & feste de Sainct Louis jadis Roy de France, soubs les glorieux auspi-ce d'vn autre L o v i s du mesme sang, de pareille I v s t i c e & P i e t é, qui regne en vn mesme Royaume, & n'est pas moins zelé pour la deffence & accroissement de la Religion, au Monastere d'vn ordre, dont il a ietté les premiers fondemens en l'Europe, & speciallement en France : Car Sainct Louis (tesmoin l'Histoire) amenā d'outre mer, sçauoir du Mont-Carmel, les premiers Carmes, & leur changea la robbe my-partie & barrée, en l'habit qu'ils ont porté iusqu'à present, parmy les plus vrgéntes neceſſitez de cet Eſtat, ait paru, & ſoit riué de Rome, où pluſtoſt ſoit tombé du Ciel en terre vn homme de Dieu, qui par ces Oraiſons, ſes Exemples, & ces Predications, gaigne doucement les ames, ce pendant que les armes Royalles forcent les villes rebelles.

Apres s'éſtre donc muny du ſigne ſalutaire de noſtre Redemption, & donné apres l'Angele ſalut à la ſacrée Vierge Mere, il ſeruit à l'entrée de ſon feſtin ſpirituel le triple deſir de Saincte Catherine de Sienne, demandât à Dieu trois choſes ſur toutes, ſçauoir la grace, l'illumination, & l'vnion, que toutes trois il adapta merueilleuſement bien à la perſonne de S. Louys : car diſoit-il, ſans la grace il eſt impoſ-

fible

ſible que de nous meſme nous
puiſſions quelque choſe. Sainct
Paul diſoit auſſi à ce propos,
Neque eius qui rigat aut qui plantat,
ſed qui dat incrementum Deus, c'eſt
à dire, celuy qui plante & qui ar-
rouſe ne donne pas l'accroiſſe-
ment à l'arbre, mais Dieu : & en
autre lieu, *Neque volentis, neq; cur-*
rentis, ſed miſerentis, rien n'eſt en la
puiſſance de l'homme qui veut,
& qui court, mais tout eſt en la
diſpoſition & bon plaiſir de la
diuine Majeſté, qui a miſericorde de nous. Or ceſte grace ſe
peut obtenir par les larmes de la
vie purgatiue, dont le torrent
nous fait ſurgir auec le vent du
Sainct Eſprit ſur le bois de la
Croix au port de la vie illumina-
tiue. Ce qui le fit eſcrier en l'ex-
cez de ſon ame embraſée d'x

B

mour diuin, ce traict du Pſalmi-
ſte Royal, *Miſericordias Domini in
æternum cantabo*, c'eſt à dire à toute eternité ie chanteray & pu-
blieray à haute voix, & du pro-
fond de mõ cœur les graces que
Dieu m'a fait par ſa miſericorde.

Quant à l'illumination elle
nous procure des gouſts inte-
rieurs qu'œil n'a veu, oreille n'a
ouy, & qui ne ſont iamais en-
trez aux cœurs mondains, *colui le
coſſ di Dio vede, qui chiude gli occhi e
crede.* De là deſpédét les ferueurs
deſirs, les bons propos, les in-
ſpirations, le meſpris de la terre,
l'eſleuation du cœur vers ſon
Principe, & de ceſte ſource dé-
cendent les Propheties & reue-
lations arriuées en diuers temps
aux ſaincts Peres Hermites, & à
des autres ames deuotes, com-

me à Saincte Brigide.

Quant à l'vnion, qui est le plus haut periode de la perfection Chrestienne, elle arriue toutes & quantes fois que l'ame est embourbée & noyée en l'Ocean de la Diuinité, ne se souciant plus de son corps, lequel (comme vn autre Abraham, allant sacrifier son fils Isaac,) elle laisse comme vn Asne au pied de la montagne, ou pour mieux dire soubs elle, chose familiere aux contemplatifs, & speciallement apres la reception du pain des Anges, le vray corps Saint & Sacré du Redempteur de nos ames.

Et à ce propos, en deuidant le fil de son Discours, il rapporta le miracle insigne & memorable, arriué durant la Messe, à vn certain Prestre, entre les mains

duquel le Fils de Dieu ſe mani-
feſta viſiblement, & auec toutes
les diméſions du corps humain:
ce qu'eſtant rapporté à Sainct
Louis, & eſtant inuité par ſes
plus fauoris, de ſe tranſporter
ſur le lieu, pour en tirer plus
grande certitude, il ſe contenta
du ſimple rapport, diſant, que
telle auoit touſiours eſté ſa
creance, & ſeroit à iamais, eu eſ-
gard aux paroles Sacramental-
le, qui produiront touſiours
iuſqu'à la conſommation des
Cieux, le meſme effect, i'en-
tends ſoubs les eſpeces de pain
& vin, ſans qu'il ſoit beſoin aux
fidelles de forme exterieure,
puiſque la foy eſt des choſes non
apparantes, & vn Argument des
inuiſibles: Au rapport de l'Aigle
des Docteurs, Sainct Auguſtin.

13

Apres auoir Angeliquement, & Seraphiquement traitté, des eslancemens d'vne ame en Dieu: hors de soy, & parlant plus du cœur que de la bouche, tenát en main le Crucifix, il luy faisoit dire, *Omnia post me traham*, ie tireray toutes choses à moy, & à la verité Iesus Christ attirant l'homme à son seruice, a tiré tout: d'autant que l'homme est le racoury de toute Creature; ayant l'estre auec la pierre, le croistre auec les plantes, le sentiment auec les bruttes, l'intellect auec les Anges, & aussi que Dieu ne veut point de cœur my-party, c'est à dire, qui aye soin de la terre & du Ciel: *nemo potest*, dit S. Matthieu, *duobus Dominis seruire*, nul ne peut seruir à deux maistres.

A quoy il adiouta vn souhait

de l'amendement , non seule
ment de ses Auditeurs: mais auſ
ſi de toute la Republique Chre
ſtienne , pour laquelle il implo
ra du S. Eſprit , ſes ſept fruicts
ſçauoir Charité , Perſeuerance
Dilection, Concorde, Patience
Obeyſſance, & Paix, leſquels il
corona du ſigne d'vne Croix
qu'il tenoit en main , auec telles
paroles ſemblables. *Benedictio
Dei omnipotentis, patris, & filij , &
Spiritus ſancti, deſcendat ſuper vos &
maneat ſemper. Amen.*

Il arriua preſque vn pareil
miracle en ceſte benediction
qu'il arriua iadis au Temple de
Salomon, où ceux qui pour le
grand nombre ne pouuoient
trouuer d'eſpace pour ſe tenir
debout, en trouuerét aſſez pour
ſe mettre à genoux , en perce-

ant les vertus de ce figne: ils ne
fpiroient rien conformement
u defir de ce deuot perfonnage
que l'amour enuers Dieu , & la
harité enuers le prochain. Car
es parolles animées du gefte ont
eaucoup d'afcendant fur les au-
iteurs, adiouftez auffi que fon
xéple eft grandement perfuafif.

L'on tient pour affeuré qu'il
'a mangé depuis fa profeffion
hofe aucune qui ait eu vie, en
ecy digne & eftroit imitateur
u Patriarche Helie, qui chemi-
a quarante iours au defert fans
utre nourriture qu'vn petit
ain cuit foubs la cendre par le
miniftere de l'Ange Raphaël
uide des Pellerins.

Il eft certain que l'on l'a veu
paroiftre à la tefte de l'armée Im-
periale en main le Crucifix & le

nom de I E S V S & M A R I E en l
bouche, noms puiſſans, nom
terribles, noms redoutables au
aduerſaires de l'Egliſe, l'vn faic
trembler meſmes les diables
d'autantque, *in nomine Ieſu omn*
genu flectitur cœleſtium terreſtrium &
infernorum, & de l'autre eſt eſcri
en l'office Eccleſiaſtique: *Dignar*
me laudare te Virgo ſacrata, Da mi
hi virtutem contra hoſtes tuos, Vierg
tres-ſacrée ayez agreable que i
vous loüe, & me donnez la for
ce de terraſſer vos ennemis.

De là continuant ſon obe-
dience, il eſt venu en Franc
ſous l'authorité de noſtre S. Per
Gregoire XV. de ce nom, & e
de preſent en chemin pour alle
vers ſa Majeſté tres-Chreſtienn
pour ioindre ſes prieres aux ar
mées Royales.

FIN.